主编　陈义青

中镇诗社采风集

詩韻忻州

陳巨鎖題

山西出版传媒集团
山西人民出版社

《诗韵忻州》编辑委员会

主　　编　　陈义青

副 主 编　　路向东

核　　稿　　罗婵双

　　　　　　王默然

编　　辑　　聂永胜

　　　　　　闫庆梅

　　　　　　张银枝

封面题字　　陈巨锁

封底篆刻　　王丽君

序 言

　　忻州地处华夏文明的发祥地，是最早进入农耕文明、最早出现商业雏形、最早开始文化交流与融合的地区之一。这里西临黄河，北踞长城，东依太行，南视中原，山峦起伏，河流纵横，关隘险峻，气候温和。独特的地理位置使她成为民族冲突的战场、文化融合的舞台、商贸交流的通道、精英辈出的沃土。这里既有遗存完好的史前文化，又有创新发展的现代文化；既有源远流长的中原农耕文化，又有粗犷豪放的草原文化；既有天工秀色的生态文化，又有魅力独具的民俗文化。厚重的地域历史，秀美的山水关城和多元的文化种群，滋养造就了一代代风流才俊，班婕妤、慧远、杨家将、元好问、白朴、傅山、萨都刺、徐继畲等一颗颗耀眼的明星，照亮了历史的天空，也照亮了忻州这片神奇的土地，吸引着大批文化游人前来观光、瞻仰。近年来，忻州市抢抓发展机遇，大力关注民生，基础设施迅速改善，人民生活水平大幅提升，综合实力显著增强，逐步发展成为一个环境优美、生活舒适、宜居宜业的城市，影响力与日俱增，与外界的文化交流也越来越多。

　　2013年金秋季节，中镇诗社一行30余人，在社长马斗全的带领下，慕名来忻州采风。成立于2002年9月的中镇诗社以国内实力派中年诗人为主体，以弘扬民魂国粹、繁荣诗词事业为宗旨，创作了大量传统诗词联作品，也组织开展了多次开创性的活动，诸如癸未中秋同时观月、乙酉元宵拇指诗会、丁亥重九霍山登高联吟等，得到各地诗人的热烈响应。诗社先后编选出版了《中镇诗词选》和《中镇十年集》。可以说，这是当今中国创作最为活跃，诗歌水平较高的诗社之一。

沿着忻州"外三关"——雁门关、偏头关和宁武关，中镇诗社的朋友们进行了丰富多彩的主题采风活动。短短一周，大家参观了忻州市政建设工程，拜访了元好问、傅山两位大师的陵园和旧居，登上三关怀古颂今，走进原始次森林感受大自然的奇山秀水，漫步黄河岸边领略黄土高原风情，走过了忻州最具代表性的几个地方。一路上，满腔热忱的诗友们被名山、秀水、雄关、古城深深吸引，迸发出了澎湃的创作激情。他们与本地诗人一起交流、共鸣、唱和，将自己的真诚与感悟寄情忻州山水，付诸句句诗行，创作了430余篇诗词佳作。这些作品真诚、自然，在严格遵循诗词创作优良传统的基础上，有创新、有特色，显示了自己的创作实力和水准。

正如诗人们所说的，他们深刻感受到了"忻州人民的热情厚道、忻州各级党政领导对文化的重视、忻州文化旅游资源的丰富多彩、忻州历史文化内涵的深厚，特别是忻州城市改造和建设的大手笔以及带来的巨大变化。"通过他们的诗句，我们看到了富丽壮美的自然风光，看到了独具特色的风土人情，看到了淳朴古老的民风民俗，看到了忻州日新月异的变化，也看到了一个富裕、文明、持续发展的新忻州。通过他们的诗句，我们也感受到了他们对忻州的热爱之情和对忻州历史文化的敬仰之心。

忻州是一块历史悠久、文化厚重的养生福地，更是一块生机勃勃、充满希望的发展热土，热情好客的310万忻州人民真诚欢迎更多朋友的到来。

目 录

马斗全

赴忻州采风预寄诸诗友 ·················002

拜元遗山墓 ·················002

野史亭 ·················002

傅山苑感作　予曾为搜集整理傅山全书而忙数年 ·················003

车抵雁门不觉壮心顿生 ·················003

忻州四桥 ·················003

夜宿雁门关 ·················004

清平乐·赴宁武途经广武 ·················004

参观西口古渡时男女晨练正欢 ·················004

登芦芽山 ·················005

冰洞处火山地火间而万年不化颇不可解 ·················005

晋西北访古 ·················005

河曲海潮庵 ·················006

重游老牛湾 ·················006

好汉山 ·················007

暮至偏头关 ·················007

汾源作 ·················007

老牛湾 ·················008

与诸诗友相约效萨都刺怀古同赋念奴娇 ·················009

县城新街 ·················009

过忻口 ·················009

暮抵偏关 ·················009

芦芽山万年冰洞 ·················010

忻州向代县·······································010

登雁门关 二首·····································010

游娘娘滩见有人跪拜黄河传说刘恒随母避难于此长大·····011

宁武关···011

送别忻州采风诸诗友·······························011

雁门关晚宴·······································012

悬空村···013

胡喜成

元遗山墓···015

傅 山 苑···015

野史亭···016

登雁门关城楼·····································016

雁门关怀萨都剌···································017

代县杨家宗祠·····································017

代县文庙···018

忻州晚眺···018

过雁门山隧道·····································019

芦芽山支锅石·····································019

宁武悬空村·······································020

汾源雷鸣寺·······································020

过忻口···020

老牛湾怀古·······································021

过河曲怀白仁甫···································021

晋西北窑洞·······································022

忻州别意···022

忻州黄河乾坤湾···································023

念奴娇·雁门关怀古用萨都剌韵与中镇诸子同赋·······023

夜宿雁门关·······································024

黄有韬

临江仙·车过忻口抗日旧战场·······················026

念奴娇·雁门关览抗战阵亡将士碑步萨都刺"登石头城"元玉 …………026

元遗山野史亭二首 …………………………………………………027

雁门关 ……………………………………………………………027

忻州市政建设咏二首 ………………………………………………027

车过岢岚书所见 ……………………………………………………028

冰洞 ………………………………………………………………028

悬空村 ……………………………………………………………028

乌夜啼·管涔山悬空村二首 …………………………………………029

禹王庙听唱民歌二人台 ……………………………………………029

汾源二首 …………………………………………………………030

万家寨 ……………………………………………………………030

浣溪沙·西口古渡 …………………………………………………030

鹧鸪天·海潮庵 …………………………………………………031

【双调】水仙子·白朴 ……………………………………………031

娘娘庙 ……………………………………………………………032

景北记

傅山 ………………………………………………………………034

元好问 ……………………………………………………………034

晨起望关 …………………………………………………………034

边靖楼 ……………………………………………………………035

代县杨家祠堂 ……………………………………………………035

宁武关 ……………………………………………………………035

老牛湾 ……………………………………………………………036

雁门关 ……………………………………………………………036

夜宿五台山大酒店 …………………………………………………036

悬空村 ……………………………………………………………037

芦芽山石磴 ………………………………………………………037

谒遗山墓园 ………………………………………………………037

海潮庵 ……………………………………………………………038

中秋后五日偕诸友游三关 …………………………………………038

夜宿雁门关 ………………………………………………………038

罗连双

忻州新风·····················040

海潮庵·······················041

元好问陵园二首·············041

韩街博物馆··················042

悬空村······················042

雁门关······················042

万年冰洞····················043

老牛湾······················043

念奴娇·雁门怀古步萨都剌登石头城韵·····044

悬空村······················045

娘娘滩······················045

四桥吟······················046

雁门关······················047

雁门关······················048

星 汉

四桥吟······················050

癸巳秋再拜元好问墓·········050

过忻口······················050

宿雁门关····················051

念奴娇·登雁门关 并序·······051

癸巳秋登雁门关·············052

陪中镇诗社诸诗友参观积萃苑·052

代县谒杨家祠堂·············052

过广武城····················053

西江月·登宁武关望远········053

河曲娘娘滩坐农家···········053

饮汾源······················054

游偏关乾坤湾自忖···········054

西口古渡　为民歌《走西口》作·····054

游河曲海潮禅寺·············055

过偏头关 ·· 055

登代县边靖楼远眺示同游 ································· 055

游宁武悬空村 ··· 056

杨逸明

谒遗山墓园 ·· 058

访傅山园二律 ··· 059

念奴娇·雁门关抒感同萨都刺登石头城用东坡韵 ··· 060

游万年冰洞 ·· 060

谒代县杨家祠堂 ·· 061

登宁武关 ··· 061

游海潮庵 ··· 061

宁武悬空村记游 ·· 062

题汾源阁 ··· 062

吊古战场 ··· 062

游老牛湾堡 ·· 063

夜望偏头关 ·· 063

上娘娘滩捡黄河石口占 ···································· 063

西口古渡感赋 ··· 064

咏忻州四桥 ·· 064

登雁门关 ··· 065

王邦建

谒元遗山墓 ·· 067

访傅青主旧居 ··· 067

宿雁门关 ··· 067

杨家忠武祠 ·· 067

宁武关 ·· 068

芦芽山冰洞 ·· 068

汾源 ··· 068

乾坤湾 ·· 068

老牛湾 ·· 069

娘娘滩谒薄太后圣母殿·······························069

海潮寺···069

念奴骄•雁门关怀古继元萨都刺次东坡赤壁韵···········070

登雁门关···071

丁思深

傅山苑···073

谒元遗山墓园·······································073

雁门关怀古···073

登边靖楼···074

汾源阁···074

鹿蹄涧村谒杨家忠武祠·······························074

题雷鸣寺···075

悬空村···075

游娘娘滩随想·······································075

在黄河滩上拾得苔文深碧的一方石·····················076

念奴娇•雁门怀古用萨都刺韵·························076

西口古渡···077

张希田

谒元好问墓···079

参观忻州"7451"工程·······························079

访鹿蹄涧杨忠武祠···································080

再访忻州顿村傅山苑·································080

宁武万年冰洞·······································081

雷鸣寺···081

汾源阁···081

万家寨水利枢纽工程·································082

黄河老牛湾二首·····································032

谒晓祖庙···083

游宁武悬空古刹栈道·································083

访宁武马仑草原·····································084

游宁武天池 ·· 084

登雁门关城楼 ·· 085

偕中镇诗友谒元遗山墓园 ································· 086

周克光

谒元好问祠 ·· 088

游傅山园 ·· 088

题代县边靖楼 ·· 089

念奴娇•雁门关怀古用萨都剌步坡韵 ··············· 089

踏莎行•悬空村 ·· 090

宁武关 ··· 090

访宁武万年冰洞 ··· 090

老牛湾即景 ·· 091

河曲西口古渡 ·· 091

谒河曲海潮庵 ·· 092

夜入偏关 ·· 092

胡迎建

过傅山园有感 ·· 094

雁门关怀古 ·· 094

谒杨家祠 ·· 095

万年冰洞二绝 ·· 095

汾水源上有雷鸣寺山中有水声若雷得名 ············ 095

河曲县过黄河第一岛娘娘滩，上有娘娘庙，传说薄姬母子流离于此，

其子即后来汉帝 ·· 096

念奴娇•雁门关用萨都剌登石头城韵 ················· 096

乾坤湾与中镇诗友同登高台 ····························· 097

赵连珠

念奴娇•雁门关怀古用东坡、萨都剌韵 ·············· 099

相见欢•偏头关 ·· 099

宁武县悬空村···100

忆江南···100

忻府傅山旧居··101

偏关县老牛湾··101

宁武县支锅奇石··101

河曲县西口古渡··102

河曲县娘娘滩··102

点绛唇·宁武关···103

于钟珩

游览三关感慨系之因有斯作···105

初登雁门关见关外有一商业区甚繁华······································105

参观芦芽山万年冰洞忽发奇想偶成··105

傅青主旧居前作··106

雁门关远眺···106

元遗山墓园野史亭前作··106

西口古渡广场人群歌舞正酣···107

自山下遥望悬空村书所见···107

登览雁门关夜宿雁门关大酒店有作··107

初至忻州所见所闻甚感人···108

赵迪生

谒傅山祠堂···110

雁门关怀古 二首···110

游忠武祠缅怀杨老令公··111

念奴娇·雁门关怀古步萨都剌韵···111

谒元好问墓园感赋··112

寓真

赞忻州··114

谒元好问墓···114

过忻口···114

三关漫笔六首···115

念奴娇·雁门古道··116

弥陀洞···116

娘娘滩···116

苏些雩

贺忻州四桥建成··118

谒元遗山墓园，重读《雁丘词》感赋···········118

八声甘州·登雁门关感赋·····························119

南乡子·悬空村···119

万年冰洞···120

转应曲·西口古渡有感二首··························120

傅山园···121

念奴娇···121

赵乐强

访元好问墓···123

访悬空村···123

过代县戏题并寄友人···································123

雁门关有题···124

游娘娘滩···124

老牛湾留诗···125

过忻口大战旧址···125

钟振振

雁门关···127

参观忻州市政建设工地·······························127

偏头关过八路军一二〇师抗日战地············128

雁门关过八路军三五八旅抗日战地············128

题元好问《遗山乐府》·······························129

忻州怀古·······················130

忻州有感·······················130

悬空村························130

熊东遨

过忻州四桥······················132

夜宿雁门关······················132

登雁门关·······················133

娘娘滩汉薄太后徙居遗址················133

老牛湾即兴······················133

念奴娇·秋日偕中镇社友登雁门关斗全兄命填是阕效萨翁步东坡韵······134

谒元遗山墓······················134

滕伟明

念奴娇·三关怀古用萨都剌韵···············136

忻州·························136

元好问祠·······················137

代县杨家祠······················137

宁武鼓楼·······················137

宁武冰洞·······················138

老牛湾························138

娘娘滩························138

邓世广

谒元好问墓······················140

老牛湾留影······················140

海潮寺方丈赐赠佛珠手链················140

念奴娇·雁门关怀古(步东坡韵)·············141

河曲县娘娘滩·····················141

古能求

念奴娇·秋日偕中镇诗友登雁门关斗全兄命填此调，用苏轼、萨都剌韵···143
谒元好问墓园··143
谒傅山祠堂···144
宁武万年冰洞···144
河曲"黄河第一湾"景区远眺··145
参观河曲西口古渡有感··145

王连生

过云中四桥···147
谒元好问墓···147
傅山先生故居前有怀··148
登雁门关有感···148

周济夫

中镇诗社有忻州采风之议，夜梦依稀··149

刘冀川

神游忻州···150

蔡淑萍

登雁门关···151
有嘲···151
代县杨氏忠烈祠··152
忻州谒元好问墓··152

赵京战

江城子·雁门关咏雁··153
代县杨氏忠烈祠··153

元好问墓 ··· 154

野史亭 ··· 154

翟耀文

水调歌头·登雁门关感赋 ········· 155

忻州广武汉墓群凭吊 ················· 155

王翼奇

忻州吊元好问 ····························· 156

段岐山

雁门关感怀（古风）················· 157

刘虎瑞

咏白朴公园 ································· 157

王兴治

悬空村探秘 ································· 158

王建勇

汾河源 ······································· 159

闫竹叶

雁门怀古一 ································· 159

后记 ····································· 160

马斗全　1949年生，山西临猗人。山西大学历史系毕业，山西省社会科学院研究员。中镇诗社社长、山西诗词学会副会长，出版有诗词集《南窗吟稿》。

赴忻州采风预寄诸诗友

三关斗韵汇群英，结队登临次第行。
短调长歌皆妙丽，好教一世见风情。

一时敌手聚三关，大笔如椽未许闲。
卢后王前谁月旦，但将樽酒起遗山。

拜元遗山墓

平生尝欲探篱藩，今更恭然拜墓园。
百世吟坛兴衰里，一人撑得是金元。

每怜同晋不同时，独爱先生千古诗。
却是年时丧妻后，南窗怕读雁丘词！

野史亭

官史荒唐每不经，先生多感独伶俜。
真情诗句皆为史，更筑人间野史亭。

傅山苑感作，予曾为搜集整理
傅山全书而忙数年

为公辛苦整三年，信是天教有夙缘。
今向像前还一拜，凛然风骨最堪怜。

车抵雁门不觉壮心顿生

生身惜未千年上，也作英雄队里兵。
战罢归来马蹄缓，横戈为赋雁门行。

忻州四桥

东洛四桥事已遥，维扬廿四忆吹箫。
今来却是忻州好，细雨寻诗过四桥。

夜宿雁门关

怀古寻诗未是闲，偕朋两宿雁门关。

苍茫岭路人千里，萧瑟秋风月一弯。

休问长宵谁有梦，剧怜奕世事多艰。

河山大好须珍惜，想到舆图泪忽潸。

清平乐·赴宁武途经广武

行行何处？古战场宁武。岭道还先过广武，莽莽战场同古。　连绵一路群峰，吟怀感慨无穷。战伐曾经多少，崖前怕问秋风。

参观西口古渡时男女晨练正欢

离人流泪处，歌舞多情侣。

波上一船行，知非关外去。

登芦芽山

有峰竟若此，巨石各崚嶒。

不信神仙事，当初谁垒成？

冰洞处火山地火间而万年不化颇不可解

但同游赏莫寻思，天道微茫不可知。

冰自冰兮火自火，相容原已许多时。

晋西北访古

为观栈道与长城，结伴驱车又北行。

人在新修高速路，心投荒野古兵营。

河曲海潮庵

名庵实是寺，声誉久沄沄。

佛法无边远，钟声三省闻。

门前临急水，殿顶驻闲云。

更有忻忻处，住持雅好文。

重游老牛湾

游遍三关兴未阑，溯河重上老牛湾。
山家相识休相讶：此老如何总是闲？

万里黄河第一湾，仙家胜境在人寰。
重来不用村童引，直向苍茫云水间。

好汉山

岂畏峰高与路艰，偏于三伏到三关。
长城燧垒巡看罢，更上当年好汉山。

暮至偏头关

难凭风色辨群山，只解车行多转弯。
忽见高低灯火处，方知身已到偏关。

雄关一座号偏头，曾护中原二百州。
暮色沉沉正堪拜，好将壮句挂城头。

汾源作

抛家汾水尾，行脚到汾头。
欲寄思乡泪，故园谁与收？

老牛湾

阅尽长城更过关，溯河直上老牛湾。
果然风景绝佳处，总在苍凉大野间。

黄河弯处暂停车，一入仙源意便舒。
更向山家借锅灶，黄河水煮黄河鱼。

地若鸿蒙太古初，人家如在画中居。
我思也向峰前住，静倚河声好读书。

老牛湾古竟愁予，残堡高墩对败庐。
怕说峰头一碑在，无穷劫火记当初。

注：有明万历五年碑详记当时战守之况。

与诸诗友相约效萨都剌怀古同赋念奴娇

雁门风物毓风流，一代词人出代州。

为爱先生怀古句，念奴娇赋满关头。

县城新街

四面青山抱小城，清风冽冽雾轻轻。

长街楼宇家家丽，道是年来新建成。

过忻口

忽报征轮过忻口，满车吟友齐回首。

当时一战感人多，此酹英雄诗代酒。

暮抵偏关

度尽斜阳千万山，偕朋一路到偏关。

夜来且向关前宿，梦里应将甲胄擐。

芦芽山万年冰洞

周遭地火与炎光，冰玉为怀体自凉。

深入一观沉静后，几人悟得是行藏。

忻州向代县

驱车遥向雁门关，路在苍茫暮霭间。

云破峰开同纵目，夕阳红处万重山。

登雁门关二首

此上雄关一豁眸，无端想到是边州。

风云变幻由来事，奈总教人恨未休。

大野苍凉慰壮游，宋时关隘汉时秋。

临风应赋豪情句，好证诗人到代州。

游娘娘滩见有人跪拜黄河
传说刘恒随母避难于此长大

千秋一个汉文帝，宵旰亲民德政多。
却是此滩功莫大，有人跪拜谢黄河。

宁武关

屡经恶战处，休道已无痕。
不尽汾河水，长怀烈士魂。

送别忻州采风诸诗友

数十吟俦数日游，几多诗句记名州。
依依归去应长忆，一片关山万里秋。

雁门关晚宴

薄暮张筵驿道旁，饭应多食酒休狂。

夜来遥有边头梦，不是南疆即北疆。

张荣辉

广东省书法家协会理事

悬空村

下是悬崖上碧峰，
合村一任白云封。
人间又见逃秦地，
不有桃花多有松。

举世山家孰与同？
一村如画挂空中。
游人共羡神仙好，
却有神仙欲打工。

纪光明
中国书法家协会理事
广东省书法家协会副主席兼秘书长

胡喜成 1955年3月生，甘肃秦安人。大学学士，副编审。为中华诗词学会、甘肃省诗词学会、天水市诗词学会理事。诗词在《诗刊》、《中华诗词》、《当代诗词》等国内外百余家报刊发表1000余首，作品有被选入《当代诗词点评》、《中华诗词年鉴》等多种选集，多次在全国获奖，出版有《啸海楼诗词集》、《甘肃诗词选集（合著）》等。

元遗山墓

无端北上意，驻足拜荒坟。

日午飞零雨，低叹碍断云。

金源堪存史，玉露远传芬。

恍有征鸿过，依稀万古闻。

傅山苑

三晋嗟奇节，还临傅山园。

故居犹自在，流瀑静不喧。

诸艺钦深邃，精禽叹海源。

霜红龛籍读，三复更何言！

野史亭

朔漠风来草木腥，玄黄龙战失金廷。

时当乱世争秦鹿，秋冷诸军下井陉。

荒戍哀鸿悲战马，南奔雅士泣新亭。

苍茫独立千古意，野史遗编汉简青。

登雁门关城楼

烽火连天边地楼，雄关高锁雁门秋。

北通朔漠丘原远，南下中原气势遒。

紫塞霜风嘶战马，乌笳夜月暗荒陬。

苍茫无际登临感，衰草寒烟一望收。

雁门关怀萨都剌

野草秋风过塞门，登高何处赋招魂？

雄浑疑骋汾源马，壮烈遥观晋岳暾。

吴楚南游空吊古，河山北望有孤村。

桑榆遍地沙原里，一曲高歌垂露痕。

代县杨家宗祠

三关将略缅英风，万古寒云落远空。

州有宗祠雄雁塞，霜明野柳泣营蛩。

遗闻犹见鹿蹄涧，故垒还飞虎帐鸿。

萧瑟秋风黄叶夕，长思一战立奇功。

代县文庙

边风元尚武，治世总崇文。

将士栖秋露，经声卷夜云。

先贤遗迹在，至圣鉴言闻。

瞻望大成殿，诗书垂远芬。

忻州晚眺

秋高溢朔气，火树一何高！

衢开八达路，河起四通桥。

广野秋声密，边歌晚唱豪。

人文慕山切，雄风卷浪涛。

注：慕山，忻州路名，慕元遗山、傅山也。

过雁门山隧道

昔日攀山险，今朝一洞平。

天昏星闪烁，雷震电长鸣。

直道深千仞，华车路几程？

未知仙界事，恍惚历三生。

芦芽山支锅石

荒古此遗石，风吹势欲飞。

寒霜侵巨釜，烈日炙新辉。

燃火明青壁，飞霞映翠微。

高支无昼夜，恍若待人归。

宁武悬空村

高山深不测，一路到云根。

危磴遥接日，悬空更有村。

流泉喧涧壁，古木走鸡豚。

铸鼎何年事，仙乡亦自尊。

汾源雷鸣寺

汾源山寺古，萝径险还平。

危磴高千级，法音期一鸣。

泉喧乱石静，松响茂林清。

望月安禅意，不知猿鹤惊。

过忻口

车过遥途识险关，秋声窑洞野望间。

思燃烽火军争昔，目见霜岩血泪斑。

大好河山终禹甸，诸天星宿忆雄颜。

枫叶萧萧红欲染，浩浩英风起远湾。

老牛湾怀古

遥望斜阳落远山，驱车来觅老牛湾。

大河东去经边地，野戍南巡通险关。

塞上秋风悲战马，云中夜月照寒颜。

尧封永固怀前史，此地高楼叹未闲。

过河曲怀白仁甫

隩州河岸曲，兰谷梦里长。

万古梧桐雨，千金鸾凤墙。

四家声并烈，六合日同光。

天籁清宵听，悲壮写回肠。

注：关汉卿、马致远、白朴、郑光祖称元曲四大家。

晋西北窑洞

遥知黄土厚，窑洞一何深！

轩窗如旧屋，火炕听鸣禽。

冬暖防寒意，夏凉无暑心。

何能一枝借，归隐在山林。

忻州别意

事往千年不可期，忻州古道引人思。

山驰万马争雄塞，原展沙田似弈棋。

笳响雁门城堞夕，风高河曲渡滩时。

遥知别后诗文汇，添此边城一段奇。

忻州黄河乾坤湾

黄水东流去不还，两仪天设见斯湾。

图开太极雄千古，船载中流望两山。

劈浪神牛去岂返，扶犁老子静还闲。

麻姑见惯沧桑事，欲学空王一闭关。

念奴娇·雁门关怀古用萨都剌韵 与中镇诸子同赋

雁门雄隘，任朔风吹尽，古今英物。指点汉戎分界处，剩有荒城颓壁。紫塞咽笳，黄风严阵，枪戟明如雪。征鸿声里，销残奕世奇杰。　胡服骑射从容，长城楼堞，荒草连山发。野戍无言思李牧，夜冷寒星明灭。万里王嫱，三关老将，霜染征尘发。伴人无寐，商声摇落孤月。

夜宿雁门关

危轩遥望雁门关，
一片乌云锁乱山。
三边烽火燃荒外，
万古雄风戍楼间。
寒野秋高悬夜月，
荒丘星小暗林湾。
征鸿无限飞难度，
一宿行人孤枕闲。

周伍德
甘肃省书法家协会会员
天水市书法家协会常务理事

　　黄有韬　1945年生，浙江乐清人。历任乐清市诗词学会副会长、会长。有诗词曲130多卷，万余首。曾受聘为全国工业科技诗词大赛·韶山、谢灵运杯全国山水诗词大赛·温州评委。

临江仙·车过忻口抗日旧战场

岁月难销追忆，硝烟散入胡麻。狂言三月灭吾华。大刀飞舞处，寇骨付虫沙。　痛史焉容篡改，吾曹耻食倭瓜。弹痕到处菊开花。坚城风雨后，碧血化红霞。

注：中有郭沫若题碑。

念奴娇·雁门关览抗战阵亡将士碑
步萨都剌"登石头城"元玉

飞天缩地，驾双凫吟啸，九秋风物。翼下烟云三万里，一带江山如壁。塞雁孤翔，驼铃清响，碾尽荒原雪。黄沙衰草，凋残多少英杰。　弹坑遍满边城，樱花梦血，山右旌旗发。八载征尘嘶战马，誓把凶倭剿灭。鲸浪重掀，钓台雾幻，竖我萧萧发。一杯悲酹，凄凉汉家明月。

元遗山野史亭二首

蓝衫草履老遗民，橐笔书天力万钧。
安得吾曹身死后，墓碑公论是诗人。

挂印还山耻入元，采薇种粟辟蔬园。
于今野史亭前树，仍颂当年民族魂。

雁门关

边城故垒瞰遐方，雉堞横天晓月光。
衣薄应怜征雁冷，秋深渐觉戍楼荒。
苍生岂奈刀兵劫，朔气频添河岳伤。
遥想琵琶声过处，五胡今已属炎黄。

忻州市政建设咏二首

纵横路网远延伸，蝶翅金桥越五津。
灯串明珠车似鲫，林花啼鸟绝纤尘。

参差五馆壮忻州，匠意精深世罕俦。
调遣无穷天外客，来为三晋献鸿猷。

车过岢岚书所见

罩壑严霜朔气侵，雪梨苹果冷难禁。

泥间土豆如拳大，呵冻挖来万袋金。

冰 洞

一洞遥和北极通，悬螺倒笋玉玲珑。

三千里内山皆画，亿万年来雪未融。

迭璧争如心皎皎，抚冰忽起雾蒙蒙。

旋梯九曲深无底，摒尽炎威炙世风。

悬 空 村

绝壁斜撑吊脚楼，崖风欲染四山秋。

我至真如天外客，村翁拄杖久凝眸。

乌夜啼·管涔山悬空村二首

　　栈道高悬崖腹，民居缥缈云中。衔缸竹笕穿窗入，泉水响淙淙。　挖药人攀雾嶂，爬山调醉霓虹。管涔山下牛羊满，荞麦馥秋风。

注：爬山调，晋西北著名民歌，与二人台齐名。

　　木柱崖腰支屋，山窗竹拂缁尘。狂潦飞泻悬岩下，坐满写生人。　土灶晨炊落叶，泥炉酒煮香菌。他年携友游山右，到此醉吟身。

禹王庙听唱民歌二人台

高歌曼舞二人台，粗犷民风扑面来。庙外弯弯河曲水，河神听罢献玫瑰。

汾源二首

清流汩汩出山根，劈峡奔腾过太原。
汲绠提升岩髓水，瓶涵井藻暮云昏。

一水长涵造物情，乃教三晋拜汾灵。
渔耕乐业牛羊壮，亘古民歌到处听。

万 家 寨

谁挥巨擘扼狂澜，坝锁龙群于此间。
拉索桥张双凤翅，颉颃飞上老牛湾。

浣溪沙·西口古渡

黄水咆哮晓煦红，涛声昼夜去匆匆。万千人舞乐声中。　系柳兰舟来隔岸，当年剑戟锈芦丛。河山无恙付吟盅。

鹧鸪天·海潮庵

劫后重经数百年，化龙老柏竞听禅。僧参古佛啼鸦夜，花带潮音坠客肩。　湍急淌，石偷眠，空山残月落榆钱。沙弥持帚山门外，扫尽流星下晓天。

【双调】水仙子·白朴

拜先生携友过忻州，却误坠弥天的家国仇。叹梧桐泪雨飘零后，爱和恨三生未休。激情化壶口洪流，天籁摭遗集，金风舴艋舟，都载返东瓯。

娘娘庙

岭背长城接远天，
烽堠矗峙熄狼烟。
平林隔断双滩水，
凤隐芦丛十六年。

娘娘庙一绝。录清黄有韬并撰 甲午孟春於草名楼

黄有韬

　　景北记　1957年生，山西省洪洞县人，中镇诗社副社长。毕业于山西大学历史系，曾在临汾地委党校、地委组织部工作。后挂职于洪洞县，历任乡镇党委书记、体制改革委员会主任、商务局长等职。余事为诗，著有《一是斋诗稿》。

傅 山

脱巾漉酒葛天民，荷锸随行自在身。
野访空闻版筑土，不知君是傅岩人。

注：傅岩即武丁时傅说筑室隐居之地。

元好问

既作遗民敢惜名？报君未肯点青蝇。
忍将万斛牛山泪，一洒金源野史亭。

晨起望关

烽堞嵌遥岑，角楼曙色新。
一关盘薄气，犹自吐松云。

边靖楼

边靖楼头万象新，胡琴羌管喜同欣。
靖边千载华夷合，诸夏文明五彩纷。

代县杨家祠堂

时不汉唐徒策勋，荒祠孑孑立斜曛。
满门忠烈音容在，一吊教人一断魂。

宁武关

大汉天威百世功，一丸泥敌万夫雄。
今逢四海升平久，谁向关前思令公。

老牛湾

天生一个老牛湾，犁破荒垣万仞山。
仙客不知何处去，黄河犹自九回环。

雁门关

三关秋色一盘雕，旋起胡天尺八箫。
道是仙山尘不到，谁题红叶上晴霄？

夜宿五台山大酒店

正平摇笔乐何如？古月今灯老酒徒。
捉住良宵不忍醉，三余人写劫余书。

注：正平即弥衡

悬空村

几点人烟散碧空，谢公东墅有无中。
杖筇来访武陵地，翁妪犹存魏晋风。

注：谢公即东晋时谢安。

芦芽山石磴

马上胡笳塞上秋，羊肠一线信天游。
翩然游到雕盘处，古意苍茫蝶梦悠。

谒遗山墓园

一园秋色付鸣禽，谁识先生寂寞心？
我到墓前深一拜，置身已在宋元金。

海 潮 庵

黄土雕成法相高，善男信女竞弯腰。
不知佛在心中卧，三省胜于趋海潮。

滚滚黄河四面环，泠泠一岛独幽闲。
与民休息多少事，都在青灯黄卷间。

注：岛有娘娘庙，庙祀汉文帝生母薄姬。

中秋后五日偕诸友游三关

颜巷呼朋唯见雀，等闲紫塞试仙槎。
岭头红叶竞词彩，关上白云吻菊花。
四面苍山真似海，一湾汾水果如笳。
兴亡百代烟霞里，明灭恰如浪淘沙。

夜宿雁门关

大荒落日坠城头，万籁无声画角幽。
山月含羞来夜半，逗人还放半边钩。

　　罗连双 1949年10月生，山西省五台县人，1977年毕业于山西财经学院。曾在乡、县、市、省四级的农业、教育、商业、工业部门工作。出版过经济学专著《社会主义生产关系论》，诗集《君山集》及社科方面论文集《甘泉集》。曾任山西省忻州地区外贸肉联厂厂长、山西省经济体制改革研究会秘书长、山西省长治市委副秘书长。

忻州新风

清风起秀容，转瞬现奇功。
大道天边客，新楼云上宫。
先行敲石火，后发跃神骢。
更喜人如玉，秋光欲与同。

忻州新风罹连双诗喋赵云

马晓飞
长治市书法家协会副秘书长

040

海 潮 庵

河水已安澜，吾神自可闲。

朝观天捧日，暮赏月亲山。

细雨春前客，清霜秋后官。

更寻河外势，和梦驾青鸾。

元好问陵园二首

一声元好问，天地也忻容。

身已陷元狱，心还起汉风。

两朝仰巨笔，千载颂文宗。

闻道园新立，重来晤老松。

迎风面不寒，秋色喜斑斓。

乡里人常好，墓中魂久安。

相偕诗侣至，同盼大师还。

我有诗如草，敢劳椽笔删？

韩街博物馆

馆门一笑向阳开，带韵人儿结队来。

原味史书新展卷，复生俊杰又成排。

天襄热土英豪奋，人育名城宝树栽。

金殿银鞍非所欲，养成大爱在心怀。

悬空村

游人皆喜与山盟，栈道新开步履轻。

款款诗朋敲韵至，该吟仄仄却平平。

雁门关

李牧守关倍可神，今来参拜欲何论？

神州日丽鹏舒翼，域外花残鬼吊魂。

每忆寇仇心滴血，欲输肝胆气凌云。

千山万水同增钙，要筑国门如雁门。

万年冰洞

本是三清气一团,青山相恋把身安。
冰心玉面倩谁识?银殿珠床只自欢。
忽报神州圆好梦,顿开帷幕现真颜。
人间天上正能量,出彩而今手互援。

老 牛 湾

九曲黄河喜一湾,天公妙手点奇观。
山能入定徐徐态,水可安居穆穆颜。
亲土爹娘生好汉,习风歌舞壮乡关。
苍凉孤堡龙昂起,傲立茫茫太古峦。

念奴娇·雁门怀古步萨都剌登石头城韵

行商关外，我先祖，何故丧身亡物？水碧山明花果季，转瞬残家破壁。天降伤寒，地横日寇，心冷如披雪。山河呼唤，神州何处英杰？　忻口连阵鏖兵，有哀军亮剑，猛师频发。血肉长城，身可死，义魄忠魂难灭。同系炎黄，何分国共，共奋冲冠发！中华多难，万分珍视圆月！

注：我祖父与叔祖出雁门，走西口，频年经商，俱未生还。祖父死于伤寒，叔祖与同行十七人于返乡途中因掩护抗日战士，均遭日军杀害，尸骨迄今未归。我与表弟胡新华多次寻访，难遂心愿，每当念及，悲愤交加。

悬空村

崖前老屋屋前花，栈道走人还走霞。

洞引谁来成福地，人依山住作仙家。

先收土豆后收谷，送个老人迎个娃。

远客来游如节日，山茶一碗向人夸。

娘娘滩

长滩浮在水中央，滩上曾经龙凤藏。

洪浪随风时起落，高原应节每青黄。

可哀一线悬微命，可喜九重为帝王。

俭孝英仁几个字，写成天下大文章。

四桥吟

慕山桥

伫立桥头仰峻峰，山山给力合神工。

翩翩振起双飞翼，一跃凌空奋健鸿。

七一桥

山门开放竞来春，春妒花先花妒人。

桥畔园中多少事，绿风红雨走麒麟。

牧马桥

长桥飞架挽南北，彩阁平临会古今。

唤起唐人含韵过，忻州处处可歌吟。

云中桥

花相招引鸟相呼，人满三关车满途。

今日长城烽火熄，朋天友地走江湖。

雁门关

头上层云欲乱山，
恍如辽阵又临关。
倦依城堞微微盹，
梦里杨家得胜还。

王俊杰
山西省书法家协会理事
长治市大众书画院常务副院长

雁门关

雁门得意展新容，
一洞穿山平路通。
楼阁已收天地色，
碑林再谢古今功。
长城百丈手机内，
烽火千秋悲忆中。
登顶喜为云外客，
看山愿做岭头松。

常福江
长治太行书画院院长

雁门关

雁门得意展新容一洞穿山平路通
楼阁已收天地色碑林再谢古今功长城
百丈手机内烽火千秋悲忆中登顶喜
为云外客看山愿做岭头松

甲午年春月常福江书

　　星 汉　姓王字浩之，1947年5月生，山东省东阿县后王集村人。12岁随父母进新疆谋生。17岁参加铁路工作，为学徒工、信号工，历时13年。后考入新疆师范大学中文系，毕业后留校任教。现为新疆师范大学文学院教授。中华诗词学会发起人之一，系中华诗词学会副会长，新疆诗词学会常务副会长，《中华诗词》编委。公开出版有《清代西域诗研究》、《天山东望集》（诗词集）等20种。

四桥吟

云中河上白云飘，车出忻州看四桥。

西望吕梁来爽气，东通渤海接新潮。

路如网络长添彩，水似相机频对焦。

杨柳化成椽笔后，为催诗句向天摇。

癸巳秋再拜元好问墓

夕阳秋草又重寻，三十年来费苦吟。

笔下情怀长激荡，彀中人物已消沉。

系舟山色充天地，牧马河声变古今。

料想先生必知我，诗章从未负民心。

过忻口

一川草木哭秋风，抗日英魂谁计功。

为说当年齐赴死，残阳如血透天红。

宿雁门关

人在秋声里，诗情无处逃。

西风一夜冷，北斗七星高。

草木挺奇士，旌旗响怒涛。

明朝关上立，捧日颂离骚。

念奴娇·登雁门关 并序

癸巳秋，中镇诗社诸诗友会于雁门关。社长马斗全命以萨都剌《念奴娇·登石头城》之韵为词，以其为雁门人也。考萨氏先世为西域人，其词亦袭坡仙韵。

关楼远望，问谁是，此地千秋人物。朽烂干戈无觅处，唯剩词章满壁。征雁南飞，翅翻秋色，又酿前朝雪。频呼诗侣，今朝作个英杰。　许我马首遥瞻，挥毫三晋，更借长风发。高扯青云勤拂拭，不使胸襟沉灭。西出阳关，书生老去，尚有冲冠发。来时犹带，天山一抱明月。

癸巳秋登雁门关

路转秋风黄叶村，旌旗影里旧烽墩。
将军苦战威犹壮，骚客豪吟句尚温。
一道长城牵日月，几声征雁动乾坤。
挥毫更向天山指，我抱清雄过玉门。

陪中镇诗社诸诗友参观积萃苑

清茶此处共秋光，却恨楼头挂夕阳。
代雁高飞传四海，明年聚首再商量。

代县谒杨家祠堂

自从小说识英名，崇拜豪雄伴一生。
勾注山头标大业，滹沱河浪走威声。
胸储热血涂图志，手捧朝阳卫帝京。
安坐厅堂今已矣，我来笔墨续长征。

过广武城

大汉天威草木存，西风吹起旧军魂。
我从广武城前过，满目苍茫到雁门。

西江月·登宁武关望远

听县宣传部领导讲解

真境真情真味，新人新路新楼。西风送目稻粱收，顿见川原清瘦。　耳际倾听土话，心中再酿诗愁。时光千载又回流，供我关头怀旧。

河曲娘娘滩坐农家

海红果子泛秋光，摘取瓷盘劝客尝。
百亩田园四围水，黄河声里送残阳。

饮汾源

管涔山下净无尘，掬起流泉便爽神。

形胜白云多北上，声威雪浪正南巡。

千年文物归三晋，一片金秋饱万民。

腹有汾源甘洌水，何愁诗句不清新。

游偏关乾坤湾自忖

乾坤湾里水，热血这般多。

入海任呼啸，冲山尽刷磨。

风云经白发，日月走黄河。

已惯崎岖路，登高起浩歌。

西口古渡　为民歌《走西口》作

当年杨柳舞婆娑，对岸依然黄土坡。

余韵未随歌拍尽，真情耐得日光磨。

千秋古渡三关口，万里长城九曲河。

从此西风吹梦醒，荒村不见小哥哥。

游河曲海潮禅寺

路转青崖后，黄河静不哗。

诗情新涧水，世味老僧茶。

钟磬传三省，布施来万家。

山门回顾久，秋色照袈裟。

过偏头关

清秋今夜过偏头，一路雄风千古留。

料得柳营归士马，前朝也见月如钩。

登代县边靖楼远眺示同游

暂把干戈事，茶余作杂谈。

西风吹塞北，东野赛江南。

霜雁翻丹紫，晴空降碧蓝。

诗情休说重，一笑我来担。

游宁武悬空村

亲见深山里，青崖贴古村。
曲溪肥草木，余粒饱鸡豚。
日落原无语，风来自进门。
车尘飞不到，一样长儿孙。

星汉

    杨逸明   1948年8月生于上海，祖籍江苏无锡，上海师范大学中文系毕业。当过工人、教师、干部。曾任上海诗词学会秘书长9年，主持编辑出版《上海诗词》10年。现为中华诗词学会副会长、中华诗词学会网副总编辑、《中国诗词年鉴》副主编、上海诗词学会副会长、《上海诗词》主编。已出版诗词选集有《飞瀑集》、《新风集·杨逸明卷》、《古韵新风·杨逸明作品集》等。

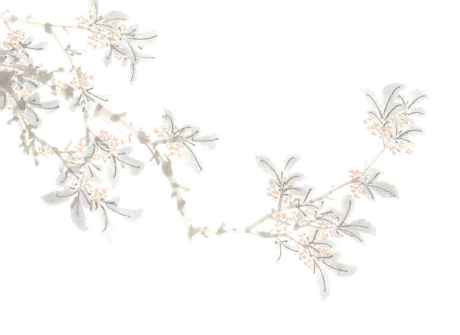

谒遗山墓园

笔阵排天耸大杨，远山奔马赴高墙。
土堆作墓留千古，诗刻成碑满一廊。
英气已埋吾不信，酷评虽起尔何妨！
书生青史添佳句，都是中华柱与梁。

注：元好问诗："落日青山万马来"。陆游《记梦》诗"李白杜甫生不遭，英气死岂埋蓬蒿？"。"金亡不死"曾是元好问的一大罪状。明储罐说元好问"唯欠一死"。清全祖望说他"于殉国之义有愧"。乾隆皇帝认为："元好问于金亡之后，以史事为己任，托文词以自盖不死之羞，实堪鄙弃。"

访傅山园二律

几间旧屋傍山幽，一一推门作访求。
窗下茶杯犹似热，炕头书卷未曾收。
磨盘上坐天将夕，水井边吟树已秋。
遗憾先生恰离去，小园随处屐痕留。

重君何啻是才情，气节能持骨更清。
字似老松垂绝壁，诗如残甲守孤城。
辞他金诏端须勇，添尔青峰未肯平。
一抹斜阳解人意，朱衣披满旧檐楹。

注：傅山有诗云"既是为山平不得，
我来添尔一峰青。"镌刻在园中立石
上。傅山晚年着朱色道袍，号"朱衣
道人"。

念奴娇·雁门关抒感同萨都剌登石头城
用东坡韵

雁门关上，问青山、如马似龙何物？天地相交皆曲线，起伏断垣残壁。想见当年，腥风凄雨，白骨铺成雪。几多生命，鬼雄原是人杰。　今剩野草离离，添些茅舍，岁岁山花发。络绎游人盘径上，金鼓灰飞烟灭。男举相机，聚焦靓女，飘起长长发。喧喧笑语，无声惟有城月。

游万年冰洞

倒垂千柱玉脂凝，隔绝红尘一洞冰。
最怕人来携躁热，清凉国里室温升。

谒代县杨家祠堂

心香一炷向天烧，我到祠前颇自豪。
无愧姓杨须励志：莫教诗笔不如刀！

登宁武关

驱车百里又登关，宁武城头纵目看。
新屋渐同荒堞接，断垣犹在远山盘。
烽烟化作炊烟白，戎旆飘成酒旆丹。
揽胜吾侪知庆幸，战争之后享平安。

游海潮庵

阵阵潮音洗佛灯，依山叠建殿层层。
平生野鹤闲云惯，到此庵中也羡僧。

宁武悬空村记游

投入峰怀抱，抬头忽见村。

木悬铺出路，石落砌成门。

鸡犬云间走，涧泉岩隙喷。

下山回首望，翁媪立黄昏。

题汾源阁

柳阴听水响清音，喝口甘醇直透心。

圣母像前长一拜，思源骚客感恩深。

吊古战场

废墩残堠矗荒山，无数亡魂去不还。

谁识更多争与斗，战场都在寸心间！

游老牛湾堡

攀登古堡作环游，九曲黄河一览收。

山势竟教天欲堕，水形浑遣地能浮。

岸边人立如纤草，谷底涛奔似犟牛。

骚客自惭方寸窄，小诗无力挽狂流。

夜望偏头关

雄关夜望一偏头，淡淡月光轮廓勾。

车马正忙金鼓逝，英雄已去戏文留。

五洲依旧多兵燹，九域如今几将侯？

灯火万家喧闹处，最沉默是古城楼。

上娘娘滩捡黄河石口占

滩浅林深一殿开，娘娘肯否赐些才？

小诗也似黄河石，写出斑斓意象来。

西口古渡感赋

浪涛滚滚欲何之？长使人生聚又离。
壮别天涯三盏酒，胜游关外几行诗。
君乘涉水黄河筏，我拄登山绿玉枝。
千载几多儿女泪，都来西口一挥时。

咏忻州四桥

车过云中气象新，慕山牧马沐芳春。
天堂打造青山下，梦境联通碧水滨。
心上宏图来自智，人间乐土出于勤。
四桥穿越真堪羡，做个忻州幸福人。

登雁门关

雁门雄险一登攀，
千古兵家争此关。
日色肩头添上重，
秋风心际透来寒。
群峦入梦追唐宋，
万木挥毫点翠丹。
只愿从今华夏土，
无须垛堞保平安。

杨逸明

　　王邦建　1947年3月生湖南人。世界汉诗协会名誉会长；中华诗词学会理事，高级诗词研修班导师；湖南诗词学会副会长，学术委员。

谒元遗山墓

忧国忧民泪，多少伤心语。
情为何物事？生死总相许。

访傅青主旧居

未得成良相，退为上上医。
典型存夙昔，今世几人知？

宿雁门关

雄关烽柝歇，四野寂无声。
夜气凉于水，一宵魂梦清。

杨家忠武祠

不朽杨家将，英名孰与伦？
今来访故里，祠宇尚如新。

宁武关

兵者乃凶器，用之不得已。

太平文事兴，宁武能无喜？

芦芽山冰洞

不知几亿年，天辟此奇洞。

酷似水晶宫，凭谁作大用？

汾 源

汾水源头望，清泉汩汩流。

扬波千万里，直到海西头。

乾 坤 湾

一览乾坤阔，悠悠几万年。

河声流不断，思接太古前。

老牛湾

古屋数十间，古堡岿然立。
人事几沧桑，临风长太息！

峭壁参空起，黄河万里流。
老牛力不倦，千古转悠悠。

娘娘滩谒薄太后圣母殿

汉文真有道，斯乃发祥处。
亦赖圣母贤，心香燃一炷。

海潮寺

古寺立高岑，斑斓岁月深。
喜心来一拜，听取海潮音。

念奴娇·雁门关怀古继元萨都剌
次东坡赤壁韵

雄关万仞，望不尽、塞外无边风物。散净烽烟，惟只见、猎猎旌旗映壁。大雁南飞，寒吹北至，八月即飞雪。悠悠千载，曾来多少豪杰！　遥想往事翩翩，将军曾射虎，箭无虚发。忠武杨家，守三关、敌虏魂飞烟灭。文应安邦，武当卫国，莫负青青发。高天朗朗，犹悬万古明月。

寻诗直上雁门关，代北天南一望间。今古兴亡多少事，黄河东去几回还。

王邦建

登雁门关

寻诗直上雁门关，代北天南一望间。
今古兴亡多少事，黄河东去几回还。

　　丁思深 1948年1月生，广东省五华县人。1981年嘉应师专毕业，1987年广东教育学院汉语言文学系毕业。1985年调入嘉应大学任教，副教授。广东中华诗词学会理事。已出版《适闲堂诗选》、《适闲堂二集》、《适闲堂三集》、《适闲堂四集》。

傅山苑

人奇字古独行歌，墨盾还当剑戟磨。
胸次平原真气在，如俳似隐恰非魔。

谒元遗山墓园

忻州人物定谁尊，迈往凌今迥不群？
珥笔遗山真健硕，论诗真豁策奇勋。

雁门关怀古

九塞无双地，雁门天下雄。
辎车侵路石，朔雪湿雕弓。
堞老游人众，风柔战骨空。
时移还世易，胡汉早和衷。

登边靖楼

边靖楼名古，声闻达四方。

云山犹莽荡，烟水自苍茫。

战垒弦歌起，丰城龙剑藏。

满天秋色里，日夕下牛羊。

汾 源 阁

汾源高阁在，水母像俨然。

灵爽滋三晋，声徽播四埏。

清泉流汩汩，福泽涌溅溅。

香火千秋盛，慈云共物妍。

鹿蹄涧村谒杨家忠武祠

此是杨家忠武祠，丰功伟烈镇华夷。

岭南吟客虔诚拜，浩气英风万古垂。

题雷鸣寺

好是雷鸣寺，灵源地脉通。

跳珠溅玉雪，流响激松风。

浩浩奔流奋，绵绵化育功。

黎元称上善，万古不终穷。

悬空村

悬空村小重山耕，吊脚楼居古涧清。

鸡犬数声烟数点，教人误认是蓬瀛。

游娘娘滩随想

娘娘滩事自风流，薄后当年暂滞留。

倘使刘恒不称帝，几人能识此荒洲。

在黄河滩上拾得
苔文深碧的一方石

浪击波淘万古痕，苔文深透碧云根。
拾它一片黄河石，铭感无私养育恩。

念奴娇·雁门怀古用萨都剌韵

雄关耸峙，望天低朔漠，眼迷云物。惆怅兵家争斗地，徒剩荒垣残壁。兔走寒岗，鸦啼枯树，飘落几星雪。一关事往，于中几个人杰？　历史变幻时空，忠臣良士，过眼如花发。云台高阁何处是？刹那声消闻灭。鬓角霜添，床头妇老，懒拂镜中发。留余肝胆，擎杯我醉边月。

西口古渡

西口伤心古渡头，争教妹妹泪花流。

从今而后鸿书里，但写相思莫写愁。

曾成祥

深圳市南山医院药剂室主任

　　张希田 网名白樵苏，1946年12月生，山西省忻州市忻府区人，北京煤炭管理干部学院毕业，高级政工师，中镇诗社秘书长，中华诗词学会会员。曾任山西轩岗矿务局副局长。在全国报刊、网络发表诗作近千篇，有作品被《中华青年诗词点评》、《华夏吟友》、《世界汉诗大典》、《20世纪中华诗人代表作》、《百代吟坛》、《中国当代诗词艺术家大辞典》、《山西当代诗词选》、《二十世纪诗词文献汇编》等收录，著有《昆仲诗词集》（合著）、《百帙楼吟稿》，有《旅痕杂咏》待梓。

谒元好问墓

蒙元兵火肆南侵，罹难苍生恨怨深。

万户朱门皆寂寞，元家老丈独长吟。

一亭野史惊天地，十卷中州烁古今。

燕赵由来存浩气，千秋谁似老臣心。

参观忻州"7451"工程

壮丽新奇赏四桥，云河图景更妖娆。

休疑手笔今多大，廿载回眸始自豪。

访鹿蹄涧杨忠武祠

一矢飞鸣中鹿蹄，感天眷顾建新祠。
玉阶高院玲珑石，金匾英容浩正碑。
世守三关威震远，功垂万代恨相随。
还看隔代彰杨敕，导尔忠君是所思。

再访忻州顿村傅山苑

雨后池园景更幽，思贤我又得重游。
旧家屋内长停驻，新苑碑前细访求。
窃慕多科成圣手，尤钦硬骨鄙封侯。
才情品格完人也，敢问千秋孰与俦？

宁武万年冰洞

滴翠涔山若画诗，洼乡冰洞倍神奇。
崖头酷暑热流滚，洞口深冬冷气吹。
百米冰廊瞻翡翠，千尊玉塑叹琉璃。
忽闻咫尺火山旺，更使凡人不可思。

雷鸣寺

碧水青山一寺红，登阶直上谒天宫。
整衣慢叩行过礼，俯首人间垅正葱。

汾源阁

倚崖奋翼欲腾空，立地擎天敢自雄。
待上高阶抬望眼，管涔尽在画图中。

万家寨水利枢纽工程

重峦穿罢立偏关，远眺天河一带宽。
两岸机声关不住，要牵碧水到人间。

黄河老牛湾二首

平湖高峡望分明，万里黄河到此清。
卧水千年牛未老，听鸡三省伴长城。

峡分晋陕水连蒙，一坝擎天锁巨龙。
更有幽渠贯南北，清流汩汩到河东。

谒晓祖庙

国破家亡世事更，皇儿历难隐山深。

云中石栈峰巅庙，金磬泠泠敲到今。

游宁武悬空古刹栈道

会友登山共租鞍，危崖忽见展奇观。

梵宫掩映悬空出，栈道勾连假洞还。

历险未图肠路近，倚栏顿觉日光寒。

山民尽说经年久，未解先人为哪般。

访宁武马仑草原

盘上青山穿过林，豁然万亩草原平。
天低云淡清风慢，马憨牛痴藏鸟鸣。
俯望芦芽知匠意，侧听瀚海会松声。
仙游似觉天人合，骑马归来更忘情。

游宁武天池

北望童山少景观，争知碧玉嵌重峦。
金潭映柳三春丽，胜地独家六月寒。
路上行宫嗟剩迹，池旁别墅又荣繁。
登高忽悟平湖最，何限天山与白山。

登雁门关城楼

久驻西关听雁飞，
今朝有幸睹崔巍。
风鸣巨谷追峰远，
人眺高楼去日违。
李牧悲深龙战渺，
杨家壮烈迹痕微。
关城古道依稀在，
叹罢沧桑怅怅归。

薛智兴
山西省书法家协会会员
轩岗矿区工会文体部部长

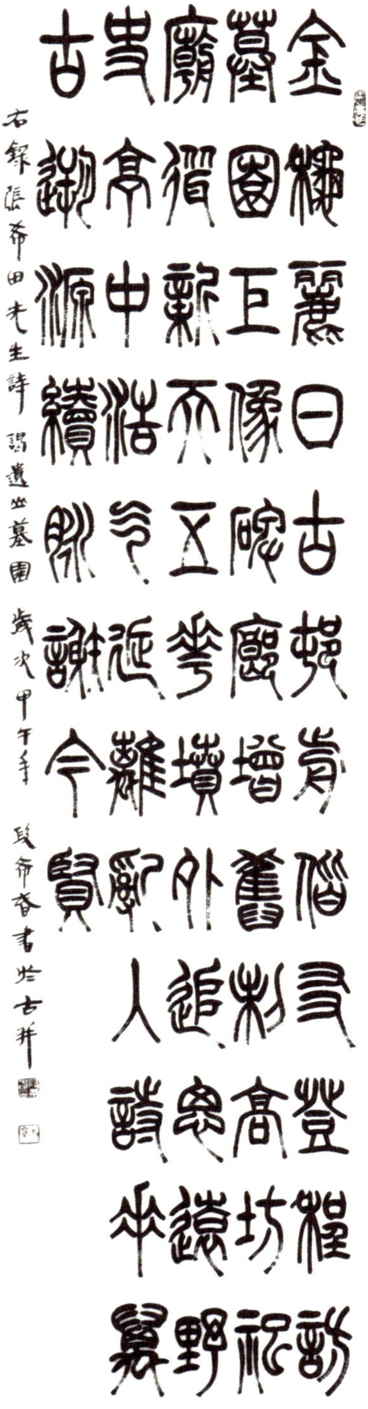

偕中镇诗友谒元遗山墓园

金秋丽日古村前，偕友登程访墓园。

巨像碑廊增旧制，高坊祀庙耸新天。

五花坟外追思远，野史亭中浩气延。

离乱人诗垂万古，溯源续脉谢今贤。

段希春

山西省书法家协会会员

山西省煤碳系统文学艺术联合会秘书长

　　周克光 号怡云，1947年12月
生，广东澄海人。当过9年知青，曾
任广州牛奶公司工会主席。中华诗
词学会会员，广东中华诗词学会副
会长，1986年起任《当代诗词》编
辑、责编、副主编，《诗词》报编
辑。

谒元好问祠

昊宇微云染，系舟连嶂屏。

碑残犹负赑，槐古欲生霆。

幼诵论诗绝，耆瞻野史亭。

霜严风骨动，飒飒动天听。

游傅山园

故宅危崖际，湖亭林木围。

春援自青主，霜抱问朱衣。

旧迹书犹认，新题语共辉。

颓波难独挽，甦世惜心违。

题代县边靖楼

楼峻城台古，阶磨岁月痕。

三关低岭嶂，一代屹朝昏。

高远势无竞，"声""威"巨若论。

何云王塔渺，俯拾快门存。

念奴娇·雁门关怀古用萨都剌步坡韵

堞城雄望，问千古、除却雁关何物。龙络云垂、烽正举，环拱千峰铁壁。斥石鞭沙，摇山吼地，席大风掀雪。江山如此，岂无千古奇杰。　遥念颇牧当时，豹韬神略蕧秦戎骄发。铁骑弦翻，尘卷处、嚣虏旗摧威灭。飞将哀封，杨门伤烈，一叹霜生发。倚天长啸，半边唯吊寒月。

踏莎行·悬空村

深谷迷林，斜晖炫崿。明潭悬玉鲛绡落。花沿侧径贴岩崎，小村著处危崖削。　叠石为楼，排杉起阁。舍前栈道飞云托。虹桥一拱畅流鸣，耕耘未惮山田薄。

宁武关

宁武岂虚名，深秋早弭兵。

人家边宇列，车辆透门鸣。

池堞遗踪杳，谯楼新彩明。

遥峰云接处，残垒复初成。

访宁武万年冰洞

织金交翠谷盈林，冰洞万年蹊几深。

百转晶莹无垢地，诗怀再铸月胸襟。

老牛湾即景

峰头草木砺霜秋，古垒高临气倍遒。
绝壁栖禽惊朗语，群飞倏绕望河楼。

河曲西口古渡

涡盘浪转破山开，浩瀚黄河天际来。
古渡鸡鸣三省应，深秋柳绿两湄裁。
画墙色老禹王庙，歌队声扬古戏台。
瘦马不劳哀坂日，灯龙十里荡云隈。

谒河曲海潮庵

槐荫柏影鸟音酣，数十楼台聚一庵。
别院挠云瞻宝塔，当庭护法礼伽蓝。
交栏斗角重重眺，卵径窑门叠叠深。
劫火再经余景象，苍山簪壁涧河涵。

夜入偏关

千座烽台络几山，龙横紫塞壮偏关。
我来霜月霜风夜，久绝狼烟灯市闲。

　　胡迎建　1953年出生于江西星子县，祖籍都昌县。历任江西省古籍整理办公室副主任、江西省社科院赣鄱文化研究所所长，二级研究员，兼江西诗词学会常务副会长，《江西诗词》主编，省文史馆员，江西省国学文化研究会会长，首都师大中国诗歌研究中心特约研究员、中华诗词学会常务理事、中国近代文学学会理事。著有《近代江西诗话》、《一代宗师陈三立》、《昭琴馆诗文集笺注》《滕王阁诗词选释》、《朱熹诗词研究》、《独上高楼·陈寅恪》、《民国旧体诗史稿》（1997年国家社科项目）、《陈三立与同光体诗派》、《同光体诗派研究》（2006年国家社科项目），著有诗文集《帆影集》、《湖星集》、《雁鸣集》、《轻舟集》、《逝川集》。

过傅山园有感

种柳采薇歌，临池溅泪多。

佯疴羞孟頫，妙手效华佗。

卑睨群官吏，精研众学科。

巍然真气在，千古未消磨。

注：傅山，明末清初忻州人，精文史，善书画，通医术。清廷征召，佯病不仕。

雁门关怀古

纵眺天连漠北寒，秋高不见雁翔盘。

城蟠岭脊龙蛇势，楼扼咽喉锁钥关。

底事匈奴驱不尽，当年戍卒梦难安。

笳声杀气如萦抱，铁血犹存紫塞斑。

谒杨家祠

忠烈满门请战勤，关山列阵杀声闻。
杨家毅魄今犹在，壮我边防扫敌氛。

万年冰洞二绝

云杉日映耀金黄，林密森森壑谷苍。
鱼贯来寻灵境远，万年奥秘此中藏。

向知泉窍暖流蒸，谁料幽深冻结冰。
疑是藐姑修炼处，晶光冷气玉脂凝。

汾水源上有雷鸣寺
山中有水声若雷得名

岩罅灵泉激迸鸣，澄川溶漾柳垂青。
但祈山右多林树，百转汾河不改清。

河曲县过黄河第一岛娘娘滩，上有娘娘庙，传说薄姬母子流离于此，其子即后来汉文帝

携子栖栖落难寻，此滩薄种待甘霖。

尽尝人世炎凉态，莅政方知苦用心。

念奴娇·雁门关用萨都剌登石头城韵

雁翔何处？怅城楼依旧，异乡风物。更辨界分夷夏岭，犹有丹花岩壁。猎猎飘旗，凄凄寒草，老将皤如雪。箭飞刀劈，牺牲多少英杰。　幸得边境延伸，关山冷落，悲恨同谁发？鬼哭狼嚎沟壑里，帝国几番兴灭。俯瞰苍山，仰扪雉堞，落帽飘萧发。云遮川野，天边光淡残月。

乾坤湾与中镇诗友同登高台

俯仰乾坤上岗台，兴高诸子尽诗才。

万重苍壑横天卧，九曲黄河划地开。

峻岭荒寒栽松翠，长城剥蚀化丘颓。

不经唐宋边疆阔，谁识兵屯易被摧。

胡迎建

赵连珠　1947年生，天津市人。原在工商银行供职，高级经济师，已退休。有《乐府滥竽集》刊行。

念奴娇·雁门关怀古
用东坡、萨都剌韵

壮哉秋也！履荒径，依约汉家风物。苍莽戍楼连古驿，斜日旧城如壁。鸿雁魂惊，狼烟梦断，冻甲销残雪。河声凛冽，似招前世英杰。　讵料劫火重生，对狼奔豕突，中原一发。整顿乾坤回大纛，三户楚犹难灭。八载陆沉，平倭事了，春草年年发。此番凭吊，消魂今古明月。

相见欢·偏头关

偏头关上层楼，几经秋，又对西风残照大河流。邻大漠，成锁钥，扼忻州。老去登临和梦泪难收。

宁武县悬空村

乱涧烟霞里，悬空旧有村。

疑端生上古，造化叹先民。

据岭犹归晋，安贫为避秦。

何当消俗累，来此寄吟身。

忆江南

忻州好，规划气恢宏。五馆
诚邀八方客，四桥能筑百年功。
遍地走蛟龙。

忻府傅山旧居

庭院深深野径斜，碑廊遗墨笔生花。

诗书不为浮名累，犹自悬壶济百家。

偏关县老牛湾

青山围绕水萦环，俯瞰黄河第一湾。

尽道江南秋色好，输他晋北亦江南。

宁武县支锅奇石

台骀理汾水，仓皇剩此君。

三枚分六品，四两拨千斤。

点将匡唐室，平胡策汉勋。

倘能成五色，也去补天云。

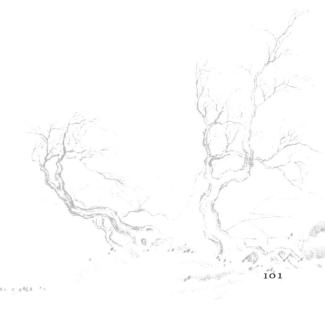

河曲县西口古渡

塞上河湾古渡长，几番去国客思乡。
当年一曲"走西口"，不是征人也断肠。

河曲县娘娘滩

中分河道出耕田，几户子民居此滩。
倘是桃源真世外，可知有汉已千年？

点绛唇·宁武关

迢递高城，千年风雨消残霸。

戍楼钟镳，四面琉璃瓦。

黠虏窥边，烽火天低亚。

西风乍，挽弓策马，留梦雄关下。

迢递高城千年風雨消残霸戍

樓鐘镳四面琉璃瓦黠虏窺邊烽

尖天低亞西風乍挽弓策馬留

夢雄關下

點绛唇 宁武关怀古

岁次甲午新春 赵连珠并书於沽之毅斋

赵连珠

　　于钟珩 号学稼，又号梦禅室主。1942年12月生，甘肃省天水市人。退休前为新疆乌鲁木齐市第九中学教师。中华诗词学会会员，新疆诗词学会副会长。自辑诗词集《学稼轩吟草》（未刊）。有诗词作品收录于各种正式出版物如：《海岳风华集》（毛谷风、熊盛元主编）、《当代百家诗词钞》（毛谷风主编）、《中镇诗词选》、《中镇十年集》（中镇诗社选编）等。

游览三关感慨系之因有斯作

萧飒西风雁叫天，登高观览好山川。
雄关脚下战场老，烽火台边秋色妍。
腾海鲸涛犹浩瀚，窥边豺虎未耽眠。
忧先天下书生志，漫道布衣无职权。

初登雁门关见关外有一商业区甚繁华

雄关高峙我初来，眼底风光亦壮哉！
当日英雄酣战处，商家云集市场开。

参观芦芽山万年冰洞忽发奇想偶成

地洞寒凝太古冰，人间奇迹亦堪惊。
偶思亿万年光外，大块应由冰雪生。

傅青主旧居前作

亦道亦僧行亦奇，先生心迹几人知①？

丹忱托付回阳雁，飞向天南探一枝②。

注：①明亡后傅青主曾穿朱衣住土穴明
志，拒绝在清朝任官。②傅青主毕生支持
反清复明事业，郑芝龙在福建拥立隆武，
傅曾写诗表达欢悦心情："寄得南枝芳信
无？"

雁门关远眺

踏上中华第一关，兴亡指认汉河山。

金城难阻屠城祸，史鉴昭昭天地悬。

注：金城汤池未能保证江山永固，战争之
胜负取决于人心之向背综合国力之强弱。

元遗山墓园野史亭前作

川原莽荡水云幽，野史亭前小驻留。

怅忆前贤思往事，遗山高咏亘千秋。

西口古渡广场人群歌舞正酣

长河东去挟晨光，西口来游古渡旁。
此日酣歌欢舞地，先人洒泪走他乡。

自山下遥望悬空村书所见

几处人家天半悬，凌空筑屋是何年？
声声鸡犬传云外，倒转时空回史前。

注：远古有巢氏将居处建于树上以躲避危险。

登览雁门关夜宿雁门关大酒店有作

西风拂荡雁门秋，胜地初来喜壮游。
千载雄关思征战，百年浩劫铸心头。
青山青史留尘世，人哭人歌识九州。
良夜凭栏观朗月，吟怀如沸浩难收。

歡聚忻妬啟壯懷の橋虹影
映樓臺通衢直達新天地
海目青红畫卷開

歲次癸巳秋月與中鎮詩友忻妬采風賦此並書于鍾珩

初至忻州所見所聞甚感人

小诗一首记之

欢聚忻州启壮怀，四桥虹影映楼台，
通衢直达新天地，满目青红画卷开。

注：此语双关，忻州有一小区名东方新天地。

于钟珩

赵迪生 笔名牛一，1947年8月生，浙江省乐清市人，寓居广州。中华诗词学会会员，中镇诗社社员。著有《萍踪流水集》。

谒傅山祠堂

偕友来祠宇，缅怀高士风。

书坛夸大笔，医学上高峰。

未是青云客，偏追黄石公。

地因翁变热，街市日兴隆。

雁门关怀古二首

紫塞黄尘昼欲阴，回头不见汉山岑。

王师早乏平番力，谁解琵琶弦外音？

封侯未着起争鸣，都为将军抱不平。

谁念雁门关隘下，如山战骨尽无名！

游忠武祠缅怀杨老令公

遗像威仪在，碑文表尽忠。

三关挥虎旅，九塞靖狼烽。

杀敌无人敌，论功百战功。

沙场枯万骨，勋绩属元戎。

念奴娇·雁门关怀古步萨都剌韵

　　汉胡归一，喜雄关危堞，都成文物。战地而今供玩赏，重整长城如壁。游客熙熙，空山叠叠，冒着霏霏雪。我龄虽老，也思登顶称杰。　　再把古事钩沉，千秋边境，烽火随时发。多少男儿身殉国，化作青燐明灭。出塞昭君，还朝苏武，白了青青发。列朝黎庶，饱经兵祸年月。

谒元好问墓园感赋

诗风宗老杜，血泪纪兵戈。
末代生灵少，边陲战骨多。
官贪羞与伍，民困忍催科？
一部《遗山集》，人间不朽歌。

刘顺平
中国国画研究院副秘书长
中国书法艺术家协会理事

诗风宗老杜血泪纪兵戈末代生灵少边陲战骨多官贪羞与伍民困忍催科一部遗山集人间不朽歌 谒元好问墓园故居赋 甲午初夏浙南刘顺平书

　　寓真　本名李玉臻，1942年11月
生，山西武乡人，曾任山西省高级人
民法院院长、省人大副主任、最高人
民法院咨询委员，中国作家协会会
员、中华诗词学会副会长、中镇诗社
名誉社长。中国法官诗文社社长，著
有《寓真绝句二百首》、《寓真律诗
小集》、《寓真词选　寓真诗选》、
《六十年史诗笔记》、《聂绀弩刑事
档案》、《张伯驹身世钩沉》、《体
味写诗》等。

赞忻州

中秋四野黍糜香，佛国山河映圣光。
实业兴隆宝藏富，文华璀璨旅游昌。
伽蓝典雅南禅寺，舞榭风流北路梆。
建设喜人新面貌，民生安乐政声扬。

谒元好问墓

野冢孤亭觅莽丛，苍苍古树傲西风。
诗篇铸得千秋史，笔力铿然一代雄。
莫道人心随势异，愿能气味与君同。
抚碑环视烟霏处，正待天霜染叶红。

过忻口

重峦北望接云中，铁血曾闻国气雄。
弹药洞前询往事，蕃茄满架笑腮红。

三关漫笔六首

怀古却生新感伤，秋风又扫旧疆场。
人间陵谷雄关在，犹与斯民共慨慷。

旄头漫卷一天凉，塞雁惊鸣万岭苍。
马革裹尸何处是，金沙滩上散牛羊。

朝暾冉冉上残墙，纵目关前视八荒。
勋烈杨家不可考，鹿蹄涧上祭祠堂。

鼙鼓当时动雁关，萧萧铁骑度桑干。
烽烟尽处人家住，但见斜晖照井阑。

汾河飞下管涔山，松瀑声闻宁武关。
生民黍稷秋来熟，啼尽兴衰鸟自闲。

指点烽台岭壑间，偏头关外老牛湾。
登高愈觉黄河远，读史方知国步艰。

念奴娇·雁门古道

峭寒三月，过雄关古道，东风凄咽。岭树山庄春寂寞，不见桃英柳叶。才转危崖，又临险壑，悬径凝冰雪。停车踌躇，残阳忽坠烟穴。　指点昔日长城，烬馀陈迹，只几垣残缺。静野娴园堪信否，前代横尺迸血。忠烈杨家，悲豪故事，青史传无绝。苍茫四顾，挺峰尽似雄杰。

弥陀洞

河滨崖洞似天门，夜响惊涛晓挂云。
欲拜高僧寻不见，飞飞岩燕自殷勤。

娘 娘 滩

稼肥树茂水中央，农舍鸡声绿掩藏。
秦汉遗民今尚在，摘来鲜果任君尝。

　　苏些雯 女，1951年6月生，广州市人，祖籍广东东莞虎门。1968年下乡务农，1975年回城当工人，1980年调入工商银行至2006年退休。曾师从朱庸斋先生学词。有作品录入《当代诗词》、《海岳风华集》等书刊。现为《当代诗词》编辑。

贺忻州四桥建成

四达通衢更慕山，何妨牧马作休闲。
云中仙子翩跹下，栖凤翔龙乐此间。

注：忻州四桥分别为慕山桥、牧马桥、
云中桥、七一桥，其中七一桥扩建连接
于凤栖街与龙翔街之间，现取四桥名或
意串连为诗以贺。

谒元遗山墓园，重读
《雁丘词》感赋

远向汾河拜雁丘，霜寒露重孰为俦？
痴心不辨情何物，独卧残阳八百秋。

八声甘州·登雁门关感赋

抚残碑旧垒感苍凉，烽火古忻州。是秦时明月，汉时边塞，候我登楼。战马嘶鸣何处？尘散雁门秋。不复硝烟起，云也闲悠。极目重峦浪叠，似诗人意绪，一放难收。仰三关毅魄，兀兀与谁俦？寄心声、调朱研墨；愿江山、人物两风流。长珍重：黍禾田野，喜鹊枝头。

南乡子·悬空村

何意半悬空？栈道盘弯薄雾笼。鸡犬闻声人未见，仙踪？飘落凡间语可通？梦境早相逢，只是寻寻觅觅中。谁个云边收玉米，山风，吹拂衣衫淡淡红。

万年冰洞

幻境生何世，浑茫天地情。

山温犹可炙，洞冷已归零。

笑把潜龙脉，试聆玉柱声。

长留冰雪洁，诗句自泠泠。

注：据介绍，无论寒暑，洞
内温度均在零下五六度左
右。

转应曲·西口古渡有感二首

西口，西口，最是无言执手。黄河一棹
哀哀，迢遥枉说溯洄。　洄溯，洄溯，谁解
深宵寂寞？

风起，风起，一任霓裳旖旎。时人不唱
哀伤，弦歌莫奏断肠。　肠断，肠断，谁忆
落红径满？

傅山园

大医尤大德，奇句识奇雄。
不见群峦上，巍峨又一峰？

念奴娇

　　壮哉河岳。令鹰惊猿颤，天开神物。卷浪携沙
东赴海，直撼重峦绝壁。急转危滩，横穿旷野，磅
礴崩泥雪。汤汤远去，未知多少雄杰。　引我步磴
攀台，老牛湾畔，盘岭花争发。额手遥瞻斜日下，
万顷波光明灭。落帽阶前，披霞襟上，纷乱风吹
髪。岂容忘却，长川烽火燃月。

注：登老牛湾远眺黄河。此为黄河入晋第一湾，两岸
崇山峻岭，黄河奔涌而来，令人震撼。用萨都刺韵。

赵乐强　1955年10月生，浙江乐清人，乐清市人大主任，中镇诗社名誉社长。1982年3月至1986年10月乐清县柳市区委秘书、办公室主任。1986年10月至1989年8月乐清县三山乡党委书记。1989年8月至1991年3月乐清县柳市镇党委书记。1991年3月至1993年7月乐清县体改委副主任。1993年7月至1996年1月乐清县（市）水产局局长、党组书记。1996年1月至1998年1月乐清市虹桥镇党委书记。1998年1月至2003年1月乐清市委常委、宣传部长、市宣传口党委书记。2003年1月任乐清市委副书记。

访元好问墓

秋风勒马拜遗山，四望霜花艳若丹。

为问情缘胡不老，人因爱字地天宽。

访悬空村

千寻壁上向空悬，黄老不修亦半仙。

只是盘纡离地远，不堪霜气拂炊烟。

过代县戏题并寄友人

圆得三关梦，斜阳下代州。

才夸秦隘口，又唱汉时秋。

有胆言吹马，无心客拍牛。

轻车胡虏逐，穿越戏方遒。

雁门关有题

秋到雁门气尚寒，荒原枯草见征鞍。

云梯雉堞血腥重，天险金汤月色残。

生死沙场尽飞将，风云龙虎遍阴山。

雄关该是神游地，寄语时人仔细看。

游娘娘滩

传说荒滩住薄妃，荻芦深处隐王畿。

避开禁地栖泥屋，换下轻裘着布衣。

彩凤失毛难振翼，苍龙得水又生机。

一场汉室宫庭戏，此处曾逢大是非。

老牛湾留诗

都说奔腾铁嶂穿，狂澜万丈裹云烟。
此番偏爱清秋色，斜日荒原红叶天。

过忻口大战旧址

轻车原上逐秋风，万壑高粱晚照中。
似有天传悲壮气，眼前喋血阵旗红。
生死存亡铁作肝，大刀过去冷光寒。
欺凌每自东邻恶，心气难平久郁盘。

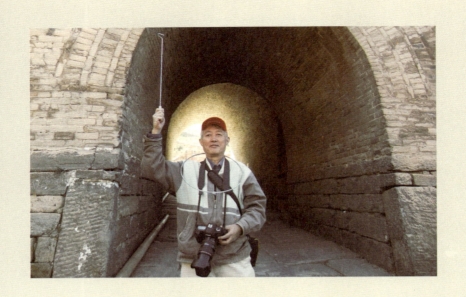

　　钟振振　1950年3月生，南京人。1988年，南京师范大学中文系古代文学专业博士生毕业并获博士学位，留校任教。1992年起任教授。1993年国务院学位委员会批准为博士生导师。

　　现任校古文献整理研究所所长。兼任国家留学基金委"外国学者中华文化研究奖学金"指导教授，中国韵文学会会长，国际汉诗总会副会长，中华诗词学会副会长，美国中华楹联学会学术顾问，教育部人文科学重点研究基地复旦大学中国古代文学研究中心兼职教授，台湾东吴大学客座教授、国家图书馆文津讲坛特聘教授等。

　　业馀从事诗词、楹联、文言文创作，撰有《清华大学百年校庆赋》、《瓮安赋》、《重修南京夫子庙记》、《桂林两江四湖工程碑铭》、《南京狮子山阅江楼鼎铭》、《安徽马鞍山采石矶三台阁楹联》、《新疆伊犁汉家公主纪念馆门联》等数十件，勒石、铸鼎、镌刻、悬挂于各地。作品曾多次在海内外诗词、辞赋大赛中荣获金、银奖。

雁门关

北戒山河一链横，雁门高阁压长城。

国除秦楚谁劲敌，世不汉唐休远征。

马阻单于南下牧，牛安六郡雨中耕。

千年事逐秋鸿去，壮气犹飞百尺甍。

参观忻州市政建设工地

大道康庄通四桥，云中牧马走波涛。

秋风彼黍离离地，行看群楼百尺高。

注：忻州有云中、牧马二河。

偏头关过八路军一二〇师
抗日战地

抗日何尝不正面，奔雷昔亦过偏头。

关前多少英雄血，都入黄河天际流。

雁门关过八路军三五八旅
抗日战地

虎旅传奇说雁门，祖传父母子传孙。

至今勾注山重叠，犹作嘶风万马奔。

题元好问《遗山乐府》

中州有乐府，遗山称独造。刚健出婀娜，视辛尤同调。

太室卅六峰，剑铓倚青昊。长吁动星斗，雨冥风浩浩。

东海走黄河，三门扼其要。挝鼓冲激湍，无烦燃犀照。

人间何物情，生死许相报？今诵雁丘词，犹泫千古吊。

土焦三月火，恨晚苍梧叫。作亭纪野史，窥斑存全豹。

盖棺定论谁？我伏瓯北赵：赋咏到沧桑，着句便工妙。

注：元好问《江城子》："三十六峰长剑在，星斗气，郁峥嵘。""一掬钓鱼坛上泪，风浩浩，雨冥冥。"又《水调歌头·赋三门津》："不用燃犀下照，未必侬飞善射，有力障狂澜。唤取骑鲸客，挝鼓过银山。"又《摸鱼儿·雁丘辞》："问人间情是何物，直教生死相许。"又《浣溪沙》："焦土已经三月火，残花犹发万年枝。"

忻州怀古

三关多壮节，千古几雄争。
山有奔腾势，水无柔媚声。
大农劳馈饷，颇牧作干城。
微此风霆护，哪容云雨耕。

忻州有感

故关捐锁钥，废垒失狰狞。
日夕牛羊下，秋高禾黍成。
山河泯两戒，夷夏利双赢。
静夜新吟辍，中天月正明。

悬空村

拔地千丈岭，悬空三户村。
云中叫鸡犬，木末走羊豚。
守拙今犹古，安贫祖若孙。
足疲徒仰止，恨不扣柴门。

　　熊东遨　字日初，号楚愚，别暑忆雪堂，1949年12月生，湖南宁乡人。中华诗词学会常务理事，网站副总编；《中华诗词》编委，高级研修班导师；湖南诗词协会副会长。著有《诗词曲联入门》、《古今名联选评》、《诗词医案拾例》、《画眉深浅》、《求不是斋诗话》等20余种。

过忻州四桥

牧马云中近慕山，更从七一唱刀环。
晓行莫问身何处，不在林湾即水湾。

注：四桥分别为"慕山"、"牧马"、
"云中"、"七一"。

夜宿雁门关

江山已作画图看，不为防胡夜驻关。
一带吟秋溪婉曲，半轮窥户月悠闲。
峰前塑马争边势，纸上谈兵续古欢。
回味太平时日久，雁声迢递入高寒。

登雁门关

雁字横空去渐遥，孤城向晚火云烧。

年光上溯窥胡马，岳势西来起怒潮。

九曲河声闲里听，百重兵气酒边销。

秋风唤醒关前菊，好共诗人话寂寥。

娘娘滩汉薄太后徙居遗址

树引秋声月引澜，风云过后不相干。

古今多少传奇史，只作寻常点缀看。

老牛湾即兴

小探河防险，轻车到即还。

人来中镇社，日下老牛湾。

向海风涛息，鸣秋鸟雀闲。

回看千载史，不过几重山。

念奴娇·秋日 偕中镇社友登雁门关 斗全兄命填是阕效萨翁步东坡韵

险关高峙，自明妃去后，尚余何物？多少风云都付与，石偶泥胎华壁。大漠烟寒，长河草白，曾见漫天雪。兵尘劫火，有时成就英杰。　此日携手登临，凭虚四望，未免童心发。指点江山今到古，太息涛生林灭。笔底交锋，枰前演义，省个冲冠髮。秋声渐紧，醉醒归问霜月。

谒元遗山墓

瓯北之言忆尚新，诗家遭际更谁论。
沧桑我亦行经遍，未敢同为有幸人。

　　滕伟明 1943年生，四川成都人。毕业于四川大学中文系。历任重庆城口中学与四川职业艺术学院教师、《四川文艺报》、《四川文化报》、《岷峨诗稿》编辑。四川省诗词学会副会长。中华诗词学会理事。著有《滕伟明诗文集》、《滕伟明诗词钞》、《滕伟明诗词选》等多种。

念奴娇·三关怀古用萨都剌韵

外三关路，正天高雁去，空无一物。检点历朝征战处，只剩断垣残壁。摩戛弓刀，嘶鸣骐骥，想见鹅毛雪。凌烟阁上，可怜多少豪杰。　诗侣相聚重阳，焚香醑酒，野冢黄花发。转顾滔滔东海里，隐约戈船明灭。钓岛芦沟，新仇旧恨，愁损青青发。悲歌达旦，长城尚带钩月。

注：雁门关、宁武关、偏头关称为外三关，向为兵家必争之地。

忻 州

从来豪杰地，旧部霍嫖姚。

忻口尽忠日，断头连草烧。

契机安可失，桑梓待重描。

一着高人眼，虹飞起四桥。

元好问祠

情为何物几人知，野史亭中夜雨时。
读罢残篇头已白，荒村古木日迟迟。

代县杨家祠

未改乡音神木腔，青堂瓦舍沐斜阳。
满门忠烈凭谁祭，千古伤心唱六郎。

宁武鼓楼

几番血战入中原，三省通衢车马喧。
赵武灵王无觅处，但从匾额识娄烦。

宁武冰洞

寒气浑如太古初，得无青女旧庭除。
尽教天下趋炎客，见识冰心与玉壶。

老牛湾

漠北终消杀伐声，关河犹自气峥嵘。
满家亦有和亲史，公主归来血泪盈。

注：老牛湾当其长城与渡口交汇处，
有和硕公主住地。

娘娘滩

杨花如雪李家庄，社鼓咚咚正作场。
为感仁君汉文帝，至今犹祭薄姬娘。

注：娘娘滩为黄河沙洲，岛上有娘娘
庙，祭祀汉文帝生母薄姬。

　　邓世广 1946年6月生，辽宁阜新人。曾任新疆中医学院图书馆馆长，执教中医诊断学及医古文（教授）。系全国中医药信息委员会委员，中国中西医结合学会基础理论专业委员会委员。现为中华诗词学会理事、新疆诗词学会副会长、《昆仑诗词》主编、《当代西域诗词选》（戊子版）主编、中华诗词学会教育培训中心研修班导师、《中国诗词文学网》顾问。

谒元好问墓

诗有豪情笔有神，浮言扫尽意清新。

冢中藏得沧桑句，不借谀辞邀宠人。

老牛湾留影

驱车晋北觅前缘，一段长城一段山。

携手终为分手处，深情留在老牛湾。

注：老牛湾是黄河与长城在吕梁山交汇之处。

海潮寺方丈赐赠佛珠手链

不拜河潮拜海潮，已从方丈识风标。

佛珠十二从头数，一念慈悲一怒消。

念奴娇·雁门关怀古(步东坡韵)

大旗猎猎，似招魂，唤醒千秋英物。我与萨公同一慨，欲向关前题壁。弱女和亲，权奸祸国，此恨凭谁雪！狼烟未熄，可怜曾误雄杰。梦断鼙鼓声声，森然剑戟，豪气冲天发。马踏斜阳风渐冷，毕竟胡尘难灭。奋勇将军，精忠死士，遗恨萧萧发。且擎樽酒，雁门邀醉寒月。

萨都剌词《伤思曲.哀燕将军》

河曲县娘娘滩

底层难得上高层，步步台阶未许登。
都在黄河岸边住，几人生子似刘恒。

注：汉文帝刘恒之母薄太后因被吕雉
迫害曾居此地。

　　古求能 1948年生，广东五华县人。曾在梅州市文化界工作，现为广东中华诗词学会副会长、《当代诗词》主编,有与熊鉴、老憨合集出版《同声集》， 自印诗集《衔月楼诗钞》等。

念奴娇·秋日偕中镇诗友登雁门关

斗全兄命填此调，用苏轼、萨都剌韵

携来诗侣，上雄关，一览昔时风物。多少空前绝后事，欲问危崖峭壁。胡虏入边，昭君出塞，雁叫连天雪。此间曾证：卧龙跃马人杰。　拂去时代烟尘，回眸青史，感慨油然发。大好头颅挥掷尽，谁见皇权泯灭？血沃中原，腰横秋水，徒耸冲冠发。睥睨千古，擎杯试唤新月。

谒元好问墓园

不耻逢迎拜路尘，文章着手便成春。

铿然一问情何物，羞煞营营冷血人。

谒傅山祠堂

早羡诗书盖世牛，画工医技有长谋。
无惭身后留公论，人品堪称第一流。

注：后人评论：傅山字不如诗，诗不如
画，画不如医，医不如学，学不如人。

宁武万年冰洞

名山回首决狐疑，天网恢恢未可欺。
造物安排应有意，留将冰炭判贤愚。

河曲"黄河第一湾"景区远眺

涛声依旧绕弯弯,想见人间直道难。
倘使黄河无曲笔,哪来流韵壮关山!

参观河曲西口古渡有感

西口风光与日新,渡头无复断肠人。
征帆去棹知何处?绿卡能通异国春。

    王连生　网名昭馀雁（南飞雁），
1965年9月生，山西省祁县人，现居广
州。清华大学机械工程系毕业，获工学
博士学位。2006年起通过网络接触诗
词，2010年从熊东遨先生学诗。部分
诗作入选《海岳天风集》、《拾萃
集》，并散见于《当代诗词》、《诗
词》等报刊。

过云中四桥

云中河水碧粼粼，岸树汀花逐日新。
更喜群龙腾跃处，坦途遥接四时春。

谒元好问墓

野史亭前秋日高，清风摇落木萧萧。
孤云万里涉江海，来为先生一折腰。

荒丘静对古松青，千载兴亡镌一亭。
久立风前人不语，远山秋色碧云轻。

傅山先生故居前有怀

国破民凋勉力医，挟风狂草字淋漓。

荒村野老今何在？夕照寒山满苑诗。

登雁门关有感

长城极目渺无边，叠嶂奔趋古塞前。

雁去似谙秦汉路，风来曾渡朔云天。

寒松傍石同溪语，衰草逢秋只月怜。

安得雄关镇东海，金戈铁甲靖倭烟。

中镇诗社有忻州采风之议，
夜梦依稀到雁门等处，得句

周济夫

雁门宁武至偏头，孰若昆仑斩寇仇。
莫道长城烽燧绝，东邻秣马待高秋。

作者系中镇诗社社员，海南万宁人。

神游忻州

刘冀川

秋风一梦越三关，
铁马金戈去未还。
忻月千年凉锁钥，
声声雁叫过苍山。

作者系中镇诗社社员。

登雁门关

蔡淑萍

雉堞叹嶙峋，苍凉古雁门。

飞旌曾猎猎，杀气久沉沉。

不忍说青史，何堪吊旧痕。

将军祠下巘，新有脱贫村。

注：关下有李牧祠。

有 嘲

蔡淑萍

雁门关上大风扬，诗赋刀光与剑芒。

莫道英雄情结是，柔毫偏有铁为肠。

作者系中镇诗社社员。

代县杨氏忠烈祠

蔡淑萍

果有杨祠在代州，一门忠烈感千秋。

红氍毹上金声振，唱到"沙滩"不忍讴。

注：祠有戏台歌功楼、颂德楼（前者已坍
塌），历代搬演杨家将故事，唯金沙滩一役
太过惨烈而禁演。

忻州谒元好问墓

蔡淑萍

高碑古冢久低回，遥望遗山夕照微。

一曲雁丘吟诵罢，草迷柳暗落红飞。

作者系中镇诗社社员。

江城子·雁门关咏雁

赵京战

天高风急叫声哀：雁门开，雁儿来。万里胡尘，何日扫阴霾？叫得征人肠寸断，乘月色，起徘徊。　戍楼刁斗绕前崖。遣愁怀，数烽台。数尽山，水水又相挨。愿托飞鸿千里翅传音讯，到秦淮。

代县杨氏忠烈祠

赵京战

逐得中原鹿，移家塞上居。

子孙亲垄亩，童仆事樵渔。

虽有烽烟警，不知铜虎符。

惟留两台戏，演说万年书。

作者系中镇诗社社员。

153

元好问墓

赵京战

每从佳句破迷津，久慕忻州黄叶村。

衰草荒丘暮烟里，揽衣三揖度针人。

野史亭

赵京战

野史亭前野草花，一枝红杏日边斜。

亭中曾有骑驴客，管领金元五百家。

作者系中镇诗社社员。

水调歌头·登雁门关感赋

翟耀文

仰慕雄关久，今日独登楼。长城万里横卧，极目满天秋。山角兵营犹在，故垒断碑残立，前事说边州。怨妇空闺泪，荒野鬼魂愁。　九关塞，尊第一，谁堪俦？北疆铁壁千里，古国一望收。欣喜狼烟早灭，和睦汉胡相处，盛世乐悠悠。试问关山月，今古谁风流？

忻州广武汉墓群凭吊

翟耀文

雁门关外古沙场，万里长城接大荒。

刁斗连营通汉域，关河重叠入秦疆。

吴钩空拂三秋雨，铁甲长淹五岭霜。

百战将军豪气在，孤坟寂寂对斜阳。

作者系中镇诗社社员。

忻州吊元好问

王翼奇

太行元气此星辰，何止金源第一人。
泾渭清浑疏凿手，沧桑歌哭乱离身。
韩岩村古公如在，野史亭空草自春。
束发读诗今展墓，摩挲老柏想风神。

作者系中镇诗社社员。

雁门关感怀（古风）

段岐山

当年浴血地，而今云鹤乡。

阅遍沧桑问忠骨，应是何等情肠？

作者系忻州市诗词学会常务副会长，山西忻州人。

咏白朴公园

刘虎瑞

高高文塔擎蓝天，遥仰先贤感万千。

十里通衢添秀色，百年渡口换新颜。

黄河九曲飘银练，云海千层叠玉盘。

骚客诗人歌胜境，长留翰墨壮河山。

作者系忻州市诗词学会副会长兼秘书长，山西原平人。

悬空村探秘

王兴治

宁武县悬空村，原名王化村。明朝末年，李自成攻陷北京，崇祯 第四子率部分卫士逃出京城，来宁武总兵周遇吉处避难，不意周已殉 国，遂藏隐深山建栈道悬居。后王子坐化，故名"王化"。今之村民为其卫士之后裔。

王化生来蹇运逢，高悬栈道隐云中。
同为世外幽清处，输却桃园一段情。

作者系山西省诗词学会会员。

汾河源

王建勇

心泉流不尽，碧水荡清波。

千里穿峡过，万载有浩歌。

感恩灵圣地，长颂母亲河。

我意缱绻处，幽香伴素娥。

作者系忻州市诗词学会理事。

雁门怀古一

闫竹叶

巍巍勾注倚天风，百二雄关剑气虹。

草木秋霜兵火后，山河晚照画图中。

忠魂有幸神祠在，铁骑无情岁月空。

聊借诗篇酬煮酒，凭楼吟诵大江东。

作者系中华诗词学会会员，山西五台人。

后 记

　　中镇诗社忻州采风作品集《诗韵忻州》终于要和大家见面了。大家看到的这本诗集，就是从这次采风作品中甄选出来的。中镇诗社采风作品先经马斗全社长审定，以电子版发到忻州市委宣传部的有430余首，另加采风前相关作品36首，共460余首。宣传部组织忻州资深人士从中选出300余首，集成此书。书中作者排名均依中镇诗社原稿，未经任何调整。书中各具特色、精彩纷呈的诗作，不仅记录了忻州文化的魅力，见证了忻州与中镇诗社的友谊，也打开了世界认识忻州的文化之窗。

　　有朋友说，中镇诗社在国内每一年都有活动，影响甚至抵达国外，社员们虽然乐于采风，但并非处处可去。每年总是选择一些风清气正、业绩喜人、百姓安居，人民乐业的地方，所到之处，或怀古思今，或激扬砥砺，或低吟浅唱，或纵情高歌，以心以笔，记录时代发展，描述社会变迁，让传统的古诗词在内涵上更加贴近生活，贴近时代，赋予了这份古老艺术以崭新的活力。在2013年，中镇诗社选择来到忻州，是忻州文化与艺术家的相遇，也是忻州近年来抓住机遇、大力发展的影响力与艺术家的相遇。这样的相遇是文学的盛会，更是与日俱进的忻州一个时代的文化记忆。这份记忆里，有忻州的山水关城、风光风情，有诗人们的文采飞扬，智慧思考，更有激情岁月里的忻州故事和忻州印象。

　　从2013年金秋时节中镇诗社一行来忻州采风，到今天诗集的出版，得到了社会各界的支持和帮助。感谢全市各级领导在中镇诗社忻州采风期间给予的关心和支持；感谢各地的积极配合，让诗人和艺术家们宾至如归，轻松快乐地徜徉在山水之间，激发出更多的创作灵感；感谢各地同仁和同伴，大家真诚的交流、共鸣、唱和、陪伴，让每一首作品都充满深情；特别感谢忻州市委宣传部、忻州市文联、忻州市工商联等单位为这次活动所做的每一份努力，让这次活动能够圆满完成；感谢为这本诗集精心撰写的各位书家，感谢诗集成书过程中每一位工作人员，是他们的辛勤劳动和无私付出才得以让此书和读者见面。

当然，也感谢各位读者，愿我们倾心呈上的这份文化礼物，能走进你们的视野和心灵。希望通过这样的窗口，让更多的人了解忻州、认识忻州，走进忻州。

编者
2014年8月

图书在版编目（CIP）数据

诗韵忻州／陈义青主编. —太原：
山西人民出版社，2014.10
ISBN 978-7-203-08746-5

Ⅰ.①诗… Ⅱ.①陈… Ⅲ.①诗集—中国—当代
Ⅳ.①I227

中国版本图书馆CIP数据核字（2014）第220012号

诗韵忻州

主　　编：	陈义青
责任编辑：	隋兆芸
装帧设计：	翰风文化
出 版 者：	山西出版传媒集团·山西人民出版社
地　　址：	太原市建设南路21号
邮　　编：	030012
发行营销：	0351-4922220　4955996　4956039
	0351-4922127　（传真）4956038（邮购）
E－mail：	sxskcb@163.com　　发行部
	sxskcb@126.com　　总编室
网　　址：	www.sxskcb.com
经 销 者：	山西出版传媒集团·山西人民出版社
承 印 厂：	山西臣功印刷包装有限公司
开　　本：	787mm×1092mm　1／16
印　　张：	11.25
字　　数：	300千字
印　　数：	1-5000册
版　　次：	2014年10月 第1版
印　　次：	2014年10月 第1次印刷
书　　号：	ISBN 978-7-203-08746-5
定　　价：	48.00元

如有印装质量问题请与本社联系调换